三國風雲人物傳 **9**

儒雅武將**周瑜**

宋詒瑞 著

新雅文化事業有限公司
www.sunya.com.hk

目錄

第一章　顯赫世家美少年

周郎顧曲	6
良好家教	12
總角之交	22

第二章　齊心協力並肩戰

出兵相助	31
威震江東	38
斛米之交	49
抱得二喬	55

本書內容參考並改編自史書《三國志》、
小說《三國演義》及其他有關資料。

第三章　不負重託建東吳

好友託付　　60

力拒納質　　68

征討江夏　　76

第四章　赤壁一戰顯實力

智拒曹營　　83

立定戰意　　95

除患末遂　　109

赤壁顯威　　120

第五章　既生瑜何生亮？

奮戰南郡　　129

兩雄鬥智　　133

英年早逝　　137

三國人物關係圖

曹操陣營

謀士

司馬懿 字仲達

郭嘉 字奉孝

蔣幹 字子翼

軍師

曹操 字孟德

武將

徐晃 字公明

張遼 字文遠

夏侯惇 字元讓

曹洪 字子廉

曹仁 字子孝

劉備陣營

五虎大將軍

關羽 字雲長

義兄弟

張飛 字翼德

義兄弟

劉備 字玄德

妻子

趙雲 字子龍　馬超 字孟起　黃忠 字漢升

武將

義子

關平 字坦之

周倉 字元福

謀士

軍師

哥哥

諸葛亮 字孔明

孫權陣營

孫權 字仲謀

家族 →

哥哥 孫策 字伯符

父親 孫堅 字文臺

妹妹 孫尚香

生母 吳夫人

軍師

武將

周瑜 字公瑾

太史慈 字子義

程普 字德謀

謀士

張昭 字子布

魯肅 字子敬

諸葛瑾 字子瑜

天子及諸侯們

漢獻帝

脅持 →

董卓 字仲穎

義子 →

呂布 字奉先

武將

華雄

父親 ↓

漢靈帝

袁術 字公路

弟弟 →

袁紹 字本初

武將

顏良

文醜

第一章
顯赫世家美少年

周郎顧曲

東漢末年的這一晚，在徽州盧江郡舒縣的周氏大宅裏，燈火輝煌、賓客盈門。前洛陽令周異在為母親六十大壽大宴親朋好友，大廳裏紅燭遍燃，壽字高懸，一片**喜氣洋洋**。

宴擺十幾桌，席上少不了**山珍海味**、美酒佳餚，賓主盡歡。宴會總是要有歌舞音樂助興的，周宅也請來了一班國樂班演奏。這皖江流域一帶有山有水，山凝重厚實，水飄逸空靈，

地靈人傑，自古就是中國藝術文化昌盛之地。徽州的國樂班子人才濟濟，遠近馳名，是皖江文化的一部分。

這次為周老太祝壽，來了國樂班的精英，笙箏琴鼓，吹彈拉奏，色色俱全。一陣歡慶鑼鼓聲之後，由一位妙齡少女表演古箏，她獨自彈奏樂府民歌《孔雀東南飛》，這個愛情故事源自廬江地區，由此改編的樂曲為人熟知，是樂班經常演奏的曲目。

此時筵席上已經酒過三巡，眾人已有了三四分醉意，都靜下心來欣賞樂曲演奏。只見琴女的纖纖玉手輕撫琴弦，樂音似清泉汩汩流出，輕柔幽

美，**如歌如泣**，在向人傾訴這段淒美的愛情故事。眾人聽得入神，琴女特別留意到主桌上有一位英俊少年格外專注聆聽琴聲，他上身向前傾，低垂雙眼，跟隨着樂曲輕輕擺動腦袋，看來完全投入在樂曲之中了。

有如此知音聽眾欣賞自己的演奏，琴女一喜，不覺右手一抖，撥錯了一

根弦。雖然聽眾未曾發覺，但琴女心
虛低下頭來，卻見那少年抬頭轉身，
詢問似地
向她瞥了
一眼。

少年的雙眸深沉清澈，不是在責備，而是透露着對樂曲的愛惜、對琴女的關切。

琴女因這深情的一瞥而心頭一震，竟連連彈錯了幾個音，惹得少年頻頻回顧，眼神更是帶着一絲焦灼，似乎在問：你怎麼了？

琴女**心慌意亂**，勉強支撐到彈完整首曲子退回後台。她的同伴們目睹這一切，齊來逗笑：「怎麼啦？見到周家大少就慌了神？」

琴女問：「那位是周家少爺？」

「是啊，周家大少周公子，誰人不知呀！」

「周家少爺是個懂音樂的人，在他面前彈奏可不能馬虎。今天你是怎麼了，一錯再錯，是不是故意要逗周家少爺回頭望你幾眼？」

眾女你一言我一語地哄笑着，「**周郎顧曲**」就這樣在樂界傳開了。**少女情懷總是春**，哪個女孩不想多多博得美少年的青睞？於是日後樂班在周家的多場演出中，不時有些淘氣的女樂手故意彈錯一個音，以此引來周家少爺的回頭一顧。後有詩人記述此事說：

鳴箏金粟柱，素手玉房前。

欲得周郎顧，時時誤拂弦。

自此，「**曲有誤，周郎顧**」的民謠流傳一時。

良好家教

這位周家少爺就是日後優秀的軍事家、戰略家和政治家周瑜。周瑜，字公瑾，出生在靈帝熹平四年（公元175年）。他**博學多才**、文武雙全，是東吳陣營的主要奠基人之一。不僅如此，他精通音律，對音樂造詣很深。

他愛聽各種樂器的演奏，所以家中經常**歌舞昇平**，時時邀請各地樂班來家裏演奏。周瑜對樂曲**耳熟能詳**，雖在酒席間幾杯酒水下肚已經略有醉

意，但他還是能敏銳地聽出樂手演奏中的謬誤，所以才有「周郎顧曲」故事中發生的一幕。

周瑜長得魁梧高大，**相貌堂堂**、**眉清目秀**；為人豁達大度、**虛懷若谷**、知書識禮，他的才學品德廣為人們稱頌。這些，都與他的家庭出身分不開。

周瑜是名門大族的後代。廬江郡的周氏家族是**聲名赫赫**的官宦之家，多代人出任朝廷要職。周老太誕辰這天，周瑜的父親周異吩咐下人把走廊裏列祖列宗的畫像逐一擦抹除塵，他帶着周瑜邊走邊看，又一次講述家史。

「瑜兒，你瞧，這是你高祖父周榮，在漢章帝、和帝時代出任尚書令，處理天下奏章、文件和傳達命令，權力大着呢！後來他成為官拜司徒的袁安之幕僚……」

「哦，為什麼呀？這樣高祖父就離開朝廷這個高位，專為一人效力了？」周瑜問道。

周異解釋說：「因為你高祖父自幼熟讀四書五經，凡事都能**引經據典**，並能**撫今追昔**，提出自己獨到的見解。袁安很賞識他，就把他**羅致門下**，常常與他議論大事。這司徒與司馬、司空統稱為『三公』，實際上是

丞相的職位，所以他們的幕僚也是一種官職。」

「原來是這樣。這司徒袁安，算起來應該是袁紹袁術兄弟的高祖父了？」周瑜問道。

「是啊，所以我們周家和袁家很早就結緣了。人們稱『北袁南周』，我們兩家數代有人位列三公，都是豪族啊！」周異說。

父子倆走到另一幅畫像前，周異指着畫像說：「這位是你的堂曾祖父周興，他在安帝時是朝廷的尚書郎，幫安帝處理政務，是相當高級的官吏啊！」

　　周瑜指着前面一幅畫像説：「這是堂祖父周景，我見過！」

　　「是啊，你出世時我的這位伯父還在位。他是我們家族的驕傲，從孝

廉舉人做到豫州刺史，後來更到朝廷任尚書令，最後升到太尉，掌管軍政事務。他一生廉潔，辦事公正，幹練豁達，所以**官運亨通**，到處受重用。我父親常以他教訓我和你叔父周忠、周尚該如何為人處世，對我們的影響很大。」

周瑜說：「怪不得周忠叔父能先後出任大司農和光祿大夫，直至太尉，列為三公，而周暉堂兄的洛陽令**深得人心**，周尚叔父更是廬江名士呢！」

周異歎道：「我們周氏的諸位列祖列宗都**忠心耿耿**為漢室效力，你也

要繼承這種精神，將來為國效勞，無愧於家族，無愧於祖先啊！」

「孩兒知道了。」周瑜低頭道，父親的話他已牢記心中。

✳　　✳　　✳　　✳

出生在這樣的名門之家，周瑜從小**養尊處優**。周家子弟外出遊玩，都有一百多輛馬車隨行，排場極大，但是周瑜沒有成為一個**不學無術**的紈絝子弟，他自幼受到良好教育，**博覽群書**，而且他秉性聰穎、勤奮好學，學文習武，又鑽研兵書，文才武藝都很出色；外加他精研音樂，藉以**陶冶性情**，致使他氣質脫俗、心胸開闊，是

當地出名的才德兼備美少年。父親周異對他家教很嚴，要求他的言行舉止都循規蹈矩，符合儒家禮儀。

就說這次壽宴上，周異見到兒子頻頻回顧箏手琴女，心中很不快，對身邊的堂弟周尚耳語道：「瑜兒怎能把心思放在女子身上，成何體統！」

周尚深知姪子品行，答道：「我看瑜兒不是這樣的人，待我來問問他。」

筵席散後，周尚把周瑜叫了過來，問道：「剛才琴女彈奏的箏曲，你覺得怎樣？」

周瑜沒留意到坐在一旁的父親神色不悅，坦然答道：「她的琴藝還不錯，但是有幾處錯亂，我從中聽出了用兵布陣中易犯的疏漏和謬誤……」

　　周尚哈哈大笑：「哦，你在琴聲中思考用兵之道，真是個用心的孩子！」他和周異交換了眼色，周異也不由得露出了一絲笑容。

總角之交

　　可是，一場政治風暴給周家帶來了厄運。中平六年（公元189年），靈帝駕崩，朝廷內宦官和外戚大鬥一場，西涼軍閥董卓趁機進京，扶植獻帝登位。董卓的**橫行霸道**、胡作非為引起軍閥羣起討伐，周家也跟隨勢大力強的袁紹袁術兄弟加入討董聯盟。

　　那一天，周瑜見父親收到一封

來信，閱後掩面痛哭，他連忙前去問道：「父親，發生什麼事了？」

周異抽泣着回答説：「你也知道，前幾天你堂兄周暉去了曹陽……」

「是呀，因為周忠叔父打敗了董卓部下李催後，被反攻的董軍包圍，暉哥帶兵前去救援。現在怎樣了？」周瑜急切問道。

「唉，**寡不敵眾**，父子倆雙雙戰死在……」周異悲傷得説不下去了。

周瑜被這噩耗驚住了，他雖然只是一個十四歲的少年，但也關心國家大事，常聽大人議論朝政，知道近期亂象叢生，對叛賊董卓更是憤恨

在心。如今兩位親人為討伐董卓而犧牲，激起了周瑜的無比義憤，他對父親說：「我也要去前線討伐董賊，為叔叔和暉哥報仇！」

周異搖頭說：「你還小呢，上不了戰場。」

「我不小了，快十五歲了。江東孫家的孫策也是我這年紀，但是他已經常常跟隨父親去打仗，我為什麼不能？」周瑜**理直氣壯**地反駁道。

抗董聯盟中，要數袁術手下的長沙太守孫堅最積極，他率先帶軍攻打汜水關，大敗董軍，攻入洛陽，**名震一時**。他的長子孫策，字伯符，經

常跟隨他上戰場，呈現出少年英雄的氣概，周瑜早就聽說，內心一直很羨慕，也嚮往着自己能有機會為捍衛漢室出力。

「父親，聽說孫策與我同年，他那麼出色，我很想見見

他，和他做朋友。」周瑜説。

兒子的話啓發了周異。周異和周尚商量，孫堅此時**氣勢如虹**，周家應該聯合孫堅對抗董卓，為親人報仇。通過周瑜與孫策這兩個少年的交往，何嘗不是聯絡孫家的一個好辦法？

周瑜知道父親同意他去見孫策，非常高興。那時孫堅安家在袁術的大本營壽春，是在九江郡的淮水之南，周瑜從舒縣向北走，有好幾天的路程。周瑜坐在高大華麗的馬車裏，隨身帶着古琴，時時彈琴消遣，倒也不覺得悶。

車隊一路行到壽春，人們早就傳

開了，説是廬江周家的一名英俊少年**路遠迢迢**坐着豪華大車、彈着古琴來探望孫家大少。孫策接報後，就在車隊抵達的那天早早出門迎接。孫策遺傳了父親孫堅的美貌，也是出了名「容貌不凡」的奇偉男子，如今有外地名門的美男子來訪，此事驚動了當地民眾，紛紛前來看熱鬧。

　　馬車停在孫家大門口，周瑜下了車，孫策上前迎接。彼此一打量，即刻就由衷地欣賞了對方——周瑜正如他的名字，是一塊光彩奪人的璞玉，稱得上是溫潤無瑕的**瑾瑜良玉**；而孫策，俊美中更帶着幾分英偉武威。

　　兩人**一見如故**，原來他們是同年出生，孫策比周瑜大一個月，二人整天在一起，親如手足，**形影不離**。他倆雖然已經過了把髮髻紮成兩個羊角形的幼童時期，但是人們以後也稱少年的情誼為「**總角之交**」。孫策的生母吳夫人也很喜歡周瑜，見兒子找到這樣一個合意的伙伴，也很滿意。

　　周瑜在孫家度過了愜意的一段日子。後來，周瑜想家了，但是又不忍心與孫策分離，便向孫策提議道：「你們為什麼不搬到我們廬江舒縣來住呢？我們那裏有青山綠水，是個富饒的**魚米之鄉**，十分適合居住。」

　　那時，孫堅常年在外打仗，很少回家。壽春是袁營基地，火藥味很重，吳夫人並不喜歡這個地方，聽周瑜介紹舒縣這個江南之地，很是嚮往，便毅然帶了全家隨周瑜搬遷過去。

　　來到舒縣，周瑜帶領孫策走到一座華美的大宅前，說：「這座房屋位置很好，離我家也近，你們就在這裏住下吧！」

　　周瑜每天來向吳夫人請安，孫策也常去拜訪周家，兩家人親如一家。周瑜和孫策在此常與江南名士交往，在名士之間享有聲譽。

第二章
齊心協力並肩戰

——出兵相助——

平靜安定的日子沒過多久，公元192年，孫堅被派攻打荊州劉表但是**出師不利**，他**單槍匹馬**殺敵時，被劉表大將黃祖的部下放射暗箭、拋擲石頭受傷而死，當時他只有

三十八歲。噩耗傳來，孫策為父親戰死而痛哭，在一旁安慰他的周瑜，衣襟也被淚水浸濕了一大片。

孫策發誓要為父親報仇，要去討伐黃祖，但是手中沒有軍隊，於是他就離開了周瑜，去壽春找袁術。周瑜雖然捨不得好友離別，但是也不能阻攔他的復仇大計，兩個好朋友只得依依惜別。臨別時，周瑜堅定地對孫策說：「記住，我永遠支持你，你什麼時候準備好要動手，我一定來相助！」

孫策把母親和三個弟弟遷回江北，安葬了父親後對袁術說：「請把家父的部隊給我，讓我去掃平江南。」

袁術見他還是個二十歲的小伙子，成不了大事，就在名義上給了他孫家軍，封他為懷義校尉，但是沒給他實際的指揮權。袁術同時安排了孫策的舅舅吳景為丹陽太守，孫策的堂兄孫賁為丹陽都尉。

這時，獻帝任命劉繇為揚州刺史，本應在壽春上任，劉繇懼怕盤踞在壽春的袁術，就改在離壽春較遠的曲阿縣設立治理官府。然而，劉繇不甘心自己由刺史降為縣長，便去進攻丹陽，趕跑了吳景和孫賁，任命周尚為丹陽太守。周家人又被重用，周尚高高興興去上任。

周瑜特地去丹陽見周尚，對他說：「叔父，您想想，吳景和孫賁本來都是孫堅手下的猛將，怎麼會**不堪一擊**就放棄了丹陽？」

周尚問道：「難道他們是詐降？」

周瑜分析說：「孫家就是要劉繇去搶袁術的地盤，袁術就會派孫家軍去對付劉繇，這樣孫策不就可以離開壽春，擺脫袁術的控制了嗎？據我觀察，袁術不是能成大事的人物，我們遲早都要離開他。所以叔父，您千萬不要與孫家軍為敵，別阻攔孫策行事。」年紀輕輕的周瑜居然能**洞察一切**，正確判斷形勢，採取正確對策。

　　與此同時，周瑜為實現對好友孫策的承諾，開始了行動。回到舒縣，周瑜在城西南找到一塊練兵的好地方，那兒臨近河邊，有三座呈犄角形的土丘。周瑜在這裏建造了一個正方形的城堡，長寬各三百米，高十米，佔地一百零四畝，東南西北各有一城門，被稱為「周瑜城」。周瑜在此招收了一批青年，日日操練。

此時的孫策正苦於不被袁術重用，孫堅的老部下程普、黃蓋等將軍多次催促他脫離袁術，自己起兵，他都回答說：「我在等一個朋友，等他到了，就可出戰。」

袁術也聽說了周瑜的大名，知道他是一位**不可多得**的年輕人，想拜他為將。周瑜應邀去了壽春見他，參加了一次袁術召集的將領會議。幾天交往中，周瑜覺察到袁術想做皇帝的野心，並看出他勇而無謀、**盛氣凌人**，很不得人心，不會有大作為，不想在他手下效力。於是，他向袁術說自己年紀尚輕，**少不更事**，恐怕難以擔當

重任，不如在盧江郡出任一個小縣之
長，藉以磨練自己。

袁術同意了，便任命周瑜為盧
江郡的居巢縣縣長。周瑜性格溫純厚
道，待人誠摯真心，受到當地百姓擁
戴。他把居巢作為基地，**招兵買馬**，
訓練新兵，作出戰的準備。

興平二年（公元195年），孫策
決定起兵發展，便對袁術說孫家在江
東有號召力，自己可去協助舅舅吳景
招募新兵、平定江南諸郡。袁術很高
興，同意他的計劃，但是只給了他
一千兵力和幾十匹戰馬，好在還有
幾百人自願跟隨他。一路上孫策不斷

招募新兵，漸漸地也有了幾千人的隊伍，並寫信告訴周瑜自己的現況。

周瑜收到信後，馬上動身，率領五百士兵，坐着幾十條船，帶着軍糧武器，來到歷陽與孫策會合，這是周瑜第一次出征。兩個好友重逢，**喜不自勝**，他們緊緊握着彼此的手，周瑜說：「大哥，我來助你一臂之力了！」

威震江東

孫策部隊的老將黃蓋見到等來的竟是一個二十來歲的年輕人，只帶着幾百人和幾十匹馬，咕噥道：「來了這麼一個朋友，有什麼用啊！」

程普知道周瑜的來歷，欣然說：「你放心，這孩子一到，我們渡江後，丹陽就不是問題了！」

因為劉繇派周尚駐紮在丹陽的是以**善戰驍勇**天下聞名的精兵，孫策渡江後首先遇到的就是丹陽這一關，以他這沒有實戰經驗的幾千名新兵怎能打得過兩萬名丹陽精兵？可是現在情況變了，周瑜的到來意味着周家是支持孫家的，周尚不僅不會阻攔孫家軍，以後還可能倒戈相向，幫助孫家。

周瑜與孫策這兩個年輕人攜起手來，並肩作戰。他們的隊伍**意氣風發**、**鬥志昂揚**。周尚倒戈後，丹陽精

兵被編入孫家軍，劉繇手上沒有還能作戰的部隊了。

雖然**旗開得勝**，但周瑜和孫策深明自己的不足。周瑜對孫策說：「你和我都太年輕，缺乏實戰經驗，需要有合適的謀士輔助，才能**事半功倍**。你知道江東的『二張』嗎？」

「不知道呀，這江東的『二張』是誰？」孫策問道。

「一位是彭城的張昭，一位是廣陵的張紘。他倆都懂**天經地緯**、**足智多謀**，若能得到兩位前來協助，我們的勝利就更有保障了。」周瑜說。

於是孫策就派人分頭去請這兩位

能人，起初都遭到拒絕；孫策就親自去力邀，終於以誠意打動了他們加入孫家軍。張昭被拜為長史兼中郎將，張紘為參謀校尉，與孫策和周瑜一起商議如何進攻劉繇。

兩位謀士的加盟，使孫家軍**如虎添翼**。孫策渡江出戰後**所向披靡**，在周瑜協助下攻克了橫江、當利、秣陵，把劉繇的兩員大將薛禮和笮融打得**落荒而逃**；轉而攻佔了湖熟、江乘，周瑜領軍偷襲取得重鎮曲阿。劉繇被趕得東竄西逃，由手下名將太史慈保護逃去豫章想投奔劉表，但病死在豫章。

　　至此，孫策平定了宣城以東地區，只有涇縣以西的六個縣還沒有攻克。太史慈為了替劉繇報仇，集結了舊兵二千多人進駐涇縣，要與孫家軍決戰。

　　孫策與周瑜商量攻打涇縣的辦法，周瑜說：「太史慈是一位出名的弓箭手，箭術精湛，**百發百中**。他為人重情義，曾經為報恩孔融而騎馬突圍向劉備求援，是個不可多得的人才！」

　　孫策**求賢若渴**：「我們要設法得到他！不能傷害他，要活捉。」

　　周瑜獻計道：「我看涇縣的城

門不高，晚上派人爬上城頭放火。四面城門外派兵作猛攻的樣子，僅留出東門放鬆防守，太史慈必定從東門突圍。我們在離城二十五里的地方安排伏兵，太史慈逃到那裏人困馬乏，就可拿下。」

孫策按照他的計謀去做，果然生擒了太史慈，並說降了他。太史慈主動提出，讓他回到豫章用一天時間召集劉繇餘部，在周瑜勸說下，孫策答應了太史慈。

將領們都認為這是放虎歸山，太史慈不會回來，但是第二天太史慈果然帶了一千多舊兵歸來，足見他的守信以及周瑜的**知人善用**。

孫策率領部隊下江東，孫家軍所到之地，軍紀嚴明，不許燒殺搶掠，士兵對百姓**秋毫無犯**，人們見到是兩位青年從江北打過來，**攻無不克**、戰無不勝，又愛護百姓，都感動得不得

了，抬了酒肉來慰勞英雄。

另一方面，很多被俘虜的劉繇軍士兵都心甘情願留下來加入孫家軍，不願從軍的就獲發路費回家。當地年輕人也紛紛前來報名參軍，孫家軍迅速增加了兩萬多人、一千多匹馬，威震江東。

周瑜在與孫家軍並肩作戰時奮勇當先，身先士卒，獲得將士們一致好評。他待人友善誠懇，人們都很敬佩他、喜愛他，唯有老將程普不服，覺得自己在孫家軍中資格最老，是江東創業的元勳，不願意與這小伙子平起平坐，甚至有時還得聽他指揮。所以，

程普常常當眾羞辱周瑜，令他難堪，但是周瑜**寬宏大量**，不與他計較。日子久了，周瑜的寬容使程普受到感動，漸漸改變了對周瑜的看法和態度，還越來越欽佩他，兩人也親近起來，成了**忘年之交**。後來程普**心悅誠服**地對別人說：「和周瑜交往，好比飲一杯濃醇的香酒，不知不覺中就陶醉了！」

斛米之交

那時，長江以南有一支南蠻部族山越人在山區生活，他們不滿漢人統治，不斷羣起反抗。孫策對周瑜說：「我以目前的兵力去進攻吳郡會稽郡、平定山越，已經足夠了，你不如回去守住丹陽吧。」

如此，周瑜便回到丹陽周尚叔父身邊。

　　周尚有心讓周瑜替代自己當丹陽太守，但是袁術看出孫策正在江南征戰，實際上已經擺脫了他而在擴張自己的勢力；他不能再讓周尚叔姪的實力增長。於是袁術派堂兄袁胤替代周尚當太守，周瑜便與周尚回到壽春。

　　周瑜屯兵在居巢，他這個縣長常常不在衙門辦公，而是騎馬外出練兵。在這裏，他結交了一位好友——魯肅。

　　魯肅，字子敬，是徐州臨淮郡東城縣人，家境富裕，是當地有名的大財主，他**樂善好施**，經常救濟窮人。有一次，袁術命令周瑜帶領幾百人去

九江郡執行任務，一時湊不到足夠的軍糧，周瑜聽說魯肅為人慷慨，就來拜訪他，並向他借糧。

　　魯肅家有兩個圓形的糧倉，每個存糧三千斛*，魯肅隨便用手一指，對周瑜說：「就送給你這個倉吧！」

*斛：漢朝時，一斛等於十斗；一斗換算成現代約兩公升；三千斛即三萬斗，約六萬公升。

　　魯肅的大度使周瑜很驚訝，認定了這是一位可以交往的朋友，兩人成為好友，後人稱為「斛米之交」。

　　魯肅在西魯山有一個練兵場，周瑜就常在那裏和他一起操練士兵，兩人還經常談論形勢國事。

　　「唉，在這亂世時代，終日要為家人的安全擔憂！」周瑜歎道。

　　「你選擇了居巢，是為了保護家人吧？」魯肅問，因為周瑜的家眷就在離居巢五六十里的舒城。

　　「天下不安定，怎能有個安穩的家？周家與袁家一直有緣，所以**不離不棄**。」

「袁術此人是靠不住的，他不是治世之才，孫策也遲早會離開他。」魯肅分析道，而他的分析是對的。

建安二年（公元197年），袁術在壽春宣布稱帝，孫策勸說無效，就與他絕交。任職司空的曹操很欣賞孫策的態度，封他為吳侯，表薦為討逆將軍。孫策平定了吳郡各地，控制了全境，又向南打下會稽郡，如此，揚州的丹陽、吳郡、會稽及豫章都被孫策收復。

次年，袁術封魯肅為東城長，魯肅拒絕上任，帶領家眷及青壯年一百多人遷往周瑜的居巢。周瑜見他來到

很是高興，說：「這裏軍閥混戰，民生不安，我正打算往東去找孫策，你和我一起去吧，他一定很歡迎你。」魯肅便與他一起渡江來到東吳。

孫策在吳郡親自迎接周瑜和魯肅，周瑜把魯肅介紹給孫策，說：「子敬**有膽有謀**、目光遠大，是一位不可多得的人才！」

孫策與好友周瑜重逢，格外高興，任命他為建威中郎將，撥給他二千士兵、五十匹戰馬，還有一支軍樂隊，更為他建造了一座豪華的住宅。這樣特殊的優待引起了孫家軍內一些老將領的不滿，孫策就發表了一

則公文解釋道：「周公英姿煥發、才能超羣，是一位英雄人物。他與我是總角之交，親如手足。他在丹陽以軍隊和船糧幫助我，使我能渡江成就大業，論功酬德，我現在為他所做的這些，還不足以報答他呢！」這段公文讓大家無話可説，而且周瑜並不居功自傲，而是謙虛謹慎，對眾將不卑不亢，對嘲諷言論容忍大度，這樣大家就再也不與這個年輕人過不去了。

抱得二喬

孫策在短短幾年內基本上掃平了江東，成為最年輕的霸主，他與周瑜

商量下一步的行動。

孫策說：「現在曹操忙於對付袁紹，劉備正被呂布打得**狼狽不堪**，眼前最大的敵人就是荊州劉表了。」

周瑜了解好友：「我知道你還有一件心事未了呢！」

「是啊，父親死於劉表大將黃祖部下的暗算，這筆賬還沒清算！」

「黃祖被委任為江夏太守，從江東到荊州，首先要踏足江夏。看來我們的確要先去解決黃祖！」周瑜說。

「好啊，這樣我們也可進一步守住長江天險。公瑾，這次有勞你上陣了！」周瑜被孫策任命為中護軍、江

夏太守，統領部隊攻打荊州，這是周瑜第一次掌管孫家軍出戰。

這期間，還發生了一件事。公元199年，自行稱帝的袁術**眾叛親離**，接連敗陣，氣得吐血而亡。他的大將張勳帶着部下和財物要投奔孫策，路過廬江時，卻被廬江太守劉勳扣下來。孫策氣得大罵：「劉勳這小子活膩了，要教訓他一下！」

孫策和周瑜率領二萬人，**不費吹灰之力**就佔領了廬江郡的皖城，劉勳逃去投奔了曹操，張勳歸順孫策。

皖城有一家姓喬的大户，喬公有兩個美如天仙的女兒大喬和小喬，早

就**聞名遠近**。

孫策和周瑜攻入皖城後，慕名去喬家求親，他們一個是威震江東的大英雄，一個是瀟灑倜儻的周郎，與兩位美女結親可說是**郎才女貌**，天作之合。

喬公和二喬都很滿意這樁婚事，於是，孫策娶了大喬，周瑜娶了小喬。事後孫策對周瑜說：「雖然『二美』是戰敗城的女子，但是有了我們兩人當夫婿，也算是稱心事了！」周瑜很是同意。

不負重託建東吳

好友託付

佔領皖城後，孫策和周瑜率領孫家軍乘勝再戰，打到沙羨，直逼孫策的大敵黃祖。公元199年十二月初，孫家軍對黃祖發起猛烈進攻，取得大勝，黃祖扔下家眷逃跑。接着，周瑜領兵平定了豫章、廬陵，來到巴丘。這裏是贛江的要衝地帶，是荊州劉表進攻東吳的要道，孫策對周瑜說：「你留在這裏守住，我去消滅殘敵！」

周瑜拍拍胸脯：「伯符，有我在

這裏頂着，你放心去掃蕩江東吧！」

想不到，這是周瑜與好友的最後相聚。

孫策愛好打獵，而且總是單獨出行。第二年四月的一天，他又單騎到丹徒西山打獵，見到一頭大鹿，心頭大喜，鞭打着馬追入林中，被埋伏在那裏的三個弓箭手放射毒箭，傷了面頰。他邊戰邊退，幸虧程普趕來救他回營，但因箭毒已深入骨髓，毒性發作**傷重不治**，死時年僅二十六歲。

孫策在臨終前，把張昭和弟弟孫權叫到牀前，吩咐孫權說：「現在天下大亂，以我們吳越的位置和人力是

大**有可為**的。論**東征西戰**打天下，你不如我；論**任用賢能**保江東，我不如你。你要好好守住父兄艱難創業打下來的基業啊。」十九歲的孫權已經是校尉，孫策常常把他帶在身邊，訓練他的軍事能力，他表現出色，孫策對他很是讚賞。

孫策把印綬交給孫權，對張昭說：「希望你好好協助我弟弟。」

吳夫人哭道：「你弟弟太小，恐怕不能勝任大事，怎麼辦啊？」

孫策說：「弟弟的才能比我強十倍，足以勝任。以後若是不能解決的內部事務，可問張昭；外事不能

解決，就問周瑜。可惜他現在不在這裏，不能當面囑咐他，請代為告訴他，要他盡心輔助我弟弟。」

周瑜在巴丘聽說孫策中箭，連忙趕回來，途中就得悉孫策逝世的噩耗。到了吳郡，他哭倒在孫策靈前，泣不成聲。

吳夫人出來，把孫策臨終的話告訴了周瑜，周瑜拜倒在地說：「我一定盡力效勞，**至死方休**！」

孫權前來拜見周瑜，說：「希望周公不要忘記我哥哥的囑咐。」

吳夫人叮嚀孫權說：「公瑾與你哥哥同年生，小一個月，我一直把他

當兒子，你要把公瑾當哥哥啊！」

周瑜拜道：「願以**肝腦塗地**，報伯符**知己相知之恩**！」

孫權很彷徨：「如今要我繼承父兄的事業，我應該怎麼做啊？哥哥說內事託給張公，外事就靠您了！」

周瑜說：「張公賢能，可擔當大任，我怕自己的才力不足以應付重託，但我可推薦一位能人來輔助將軍。」周瑜向孫權舉薦魯肅，敘述了魯肅的家世和為人，當年如何慷慨贈糧倉支持他協助孫策起兵的事。孫權同意後，周瑜便親自邀請魯肅來到東吳，而魯肅又向孫權推薦了琅琊郡陽

都縣人諸葛瑾，說他**博學多才**，為人正直。孫權對兩人都很滿意，待為上賓。

當時很多人不看好孫權，認為他太年輕，沒有本領，難以擔起父兄留下的重擔守住東吳；而且孫權繼承了哥哥的官職只是會稽太守，自己也僅僅是校尉級的將軍，威信不高，將領們對他不太恭敬，所以上下級的禮儀都很簡單，而江東當地社會的上層人物對待孫權的禮節也很怠慢。但是手中握有重兵的周瑜卻對孫權很謙恭，如同對待孫策一樣尊重他，待之以君臣禮儀，把孫權看作君主，以表示對

他的支持，努力樹立孫權的威信。**久而久之**，大家以周瑜為榜樣，改變了對孫權的態度。周瑜以中護軍的身分，與長史張昭共同掌管軍政大事，**盡心盡力**輔助孫權，才漸漸穩固了孫權的地位。

力拒納質

魯肅那時因祖母病逝，回家鄉辦理喪事。他的好友劉曄已投靠曹操並得到重用，勸他也加入曹營。魯肅同意了，便前來和周瑜商量，想叫周瑜一起轉至曹營。

魯肅對周瑜說：「孫權還是一個

乳臭未乾的孩子，很難撐起江東事業，也沒法與曹操對抗。」

周瑜說：「看目前的亂世局面，很難說誰是最後的贏家。軍事家馬援曾經對光武帝說『如今的世道，不但君主選擇臣子，臣子也選擇君主』。孫權雖然年少，卻是個英才，他哥哥很看重他，將來能成大事的。你還是留下來，我們一起幫助他吧！」

魯肅還是**猶豫不決**，周瑜就問他：「現在曹操身邊有一大羣智囊，你想想，你覺得自己的才智能比得上荀彧、郭嘉、鍾繇他們幾個嗎？你去了之後，能**脫穎而出**嗎？」

　　魯肅認真想了想，搖搖頭說自己比不上，承認周瑜說得對，便留在了東吳，成了孫權身邊一位重要的謀士，他一貫主張東吳聯合劉備抗擊曹操的策略，奠定了日後三國鼎立的局面。

　　　＊　　　＊　　　＊　　　＊

　　曹操這時正在官渡和袁紹激戰，孫策之死使他鬆了一口氣，認為年少的孫權無足輕重，不會在背後捅他一刀。於是他進一步拉攏孫權，向朝廷表薦孫權為討虜將軍，使孫權有了合法地位，能以朝廷之名義在江東行事。

　　公元202年，在官渡一戰敗於曹操的袁紹去世，曹操沒有了北方勢力的

牽制，他的目光就轉向了南方的孫權和劉表。曹操知道劉表的發展能力有限，他擔心的是**雄心勃勃**的孫權，他要逼迫孫權向自己表忠心。

　　曹操以天子名義下詔給孫權，要他送一個孫家子弟到許都作質子，「以示忠誠，確無二心」。當時，向朝廷送質子以示忠心是一種普遍的現象，但是孫權沒有兒子，只能在幾個弟弟中選送一個，孫權於心不忍，不想把弟弟送去做政治交易；但是不送的話，等於與曹操公然決裂。孫權召集羣臣開會，會上沒作出什麼決定，他就召回領兵在外的周瑜來商量。

　　「將軍，你為什麼不自己作出決定呢？」周瑜一回來就問孫權。原來孫權還是要聽命於母親，不敢自行作決定。吳夫人見曹操實力強大，對此

事很猶豫，孫權便帶周瑜去見母親。

周瑜用歷史上東吳地區的光榮事例來激勵吳夫人的自信心，他說：「想當年，楚國的封地在荊山的一側，是一塊只有不到一百里的小地方，但是後來開拓疆土，在郢都立業，佔領了荊州揚州，直達南海，傳業八百年。現在，將軍繼承了父兄的基業，擁有六個郡的民眾，**兵強馬壯**，糧食充足，境內物質豐富，百姓生活安定，士氣旺盛，**所向無敵**，何必懼怕曹操的逼迫而送上人質呢？」吳夫人低頭不語，看來**心有所動**。

周瑜進一步說明送去人質的後

果：「如果送去了人質，以後就受制於曹操，他一有召令，將軍就不得不前去聽命了。」

吳夫人說：「送去人質後可能有些好處呢。」

周瑜答道：「能有什麼好處呀！最多是給一個侯印，十幾個僕從、幾輛車、幾匹馬，怎麼能比得上自己在南面稱王愜意啊！」

但是吳夫人擔憂，假如不送人質，曹操來挑釁，怎麼辦呢？

周瑜堅定地說：「我倒要看看曹操會使出什麼花招！假如他挑起戰爭，**玩火者必自焚**。將軍率軍英勇抵

抗，顯顯我們東吳的威力！我估計目前曹操還不會有什麼動作，我們先不送質子，靜待時局變化。」

一番話終於引得吳夫人笑了，她對孫權說：「公瑾說得對，就這麼辦。」她又反覆告誡兒子：「公瑾比你哥哥小一個月，也是我的兒子，你要待他如兄長。」

最後，東吳沒有送人質，曹操也沒有追究，可能他也只是試探一下而已。

征討江夏

孫權接班後這三年內，曹操忙於北方戰事，劉表無所作為，這就給東吳造成了極好的發展條件。孫權廣招賢人，起用新人，擴大地盤，安定內部，

充分顯示了他的領導才能，無人再懷疑他的本領了。於是孫權決定向西發展，去征服黃祖、劉表，佔領荊州。

孫權先派周瑜以中護軍、江夏太守身分，率領一支主力軍進駐宮亭。

公元203年八月，曹操帶兵南下進攻劉表，威脅他不要騷擾自己解決袁氏一族，劉表就連忙在襄陽以北一帶布防，這是孫權西征的好機會。他派出東吳的精銳兵力到宮亭一帶，配合早就駐軍在那裏的周瑜，開始第一次西征黃祖。

出征開始很順利，周瑜與孫家軍的各部進入江夏郡，沿江往西一直

打到章陵郡的沙羡，沙羡若是攻下，江夏和章陵兩郡就歸東吳，荊州就要失去東西部防線，所以黃祖父子拼命守城。後因東吳各郡的山越族同時起事，孫權不得不撤兵去平定山越。

　　這場仗打了很久，孫家軍的兵力顯得不足了，孫權便與周瑜商議要補充兵力。

　　周瑜建議道：「我看山越手下的麻、保二屯因地處偏遠，還沒捲入起事，但那裏人力眾多，可以一擊，帶些兵回來，讓我去吧！」

　　麻屯和保屯兩個營壘位於沙羨上面長江邊上，被山越的武裝勢力所控制。孫權也看中了那裏聚眾人多，但領導不力、易攻易破。於是，孫權派周瑜指揮綏遠將軍、丹陽太守孫瑜帶兵遠征攻克麻、保二屯。

　　周瑜帶軍從宮亭向西行軍數百

里，速戰速決，殺死了二屯頭目，俘虜了一萬多人帶回宮亭。孫瑜的軍職雖然比周瑜高得多，但是他很尊敬周瑜，服從周瑜的指揮，兩人合作得很好。

有一位名叫甘寧的猛將，曾投靠劉表和黃祖，但都得不到重用，於是他帶領數百人投奔東吳，到前線去見周瑜。周瑜與他深談後，把他推薦給孫權，說：「甘寧不僅是一名難得的武將，而且熟知劉表和黃祖那裏的情況，正是我們現在急需的**可用之才**。」甘寧見了孫權，獻策說黃祖已**年老昏聵**，軍紀鬆懈，人心不穩，要趁早去攻打，佔領江夏後向西攻巴

蜀。這些話對孫權來說**正中下懷**。

公元207年，周瑜領命第二次攻打黃祖，但因為吳夫人病危，便匆匆撤軍。孫權辦理母親的喪事之後，第二年春天就發動了第三次西征黃祖。因為曹操征服了烏桓族，統一了北方，下一步肯定要南下，孫權要趁早打敗黃祖，佔領江夏和章陵，建立一道抵禦曹操的屏障。

這次孫權任命周瑜為前部大督，即是前線總指揮，並起用了一些年輕將領。面對黃祖父子的激烈抵抗，周瑜他們**衝鋒陷陣**，英勇殺敵，順利地沿着長江一直打到沔水進入長江的沔

口城。在周瑜的領導下，孫家軍攻破沔口城，黃祖逃跑，半路被殺，周瑜終於替好友報了殺父之仇。

　　這次勝仗使孫吳勢力向西推進了數百里，打開了荊州西邊門戶，徹底鞏固了孫權在江東的地位，也使周瑜正式掌握了江夏郡。孫權總算在江東坐穩了，周瑜仰天告慰好友：「伯符，你可以瞑目了！」

第四章
赤壁一戰顯實力

智拒曹營

公元208年，曹操消滅了袁氏家族，又平定了烏桓，成了北方的霸主，他下一個目標就是南方了。他親自率領五十萬大軍南征，在此期間荊州劉表病逝，接任的劉琮投降，曹操佔領了荊州的新野、樊城、襄陽，把劉備趕得逃去江夏。接着曹軍向東進軍，逼近長江下游的東吳。

曹操聽說周瑜**文武雙全**，是位青年豪傑，本是孫策好友。孫策去世後，

曹操料想周瑜不會甘心去服侍十九歲的孫權，便想把周瑜拉攏過來壯大自己的實力，以便能順利解決東吳。

曹操派出自己的謀士蔣幹去拉攏周瑜。蔣幹，字子翼，是九江人，長得**儀表堂堂**，而且口才非常好，江淮之間沒有人能說得過他。知道曹操有勸降周瑜的意思，蔣幹就**毛遂自薦**，說自己是周瑜的同鄉，小時候曾經一起唸書，有些交情，有把握憑着自己**三寸不爛之舌**去說服他。

聽說蔣幹來訪，周瑜就猜到了他的來意，便與幾位手下布置了對付蔣幹的計策，還親自迎接他。一見面，

周瑜就劈頭大聲說：「子翼遠道而來，辛苦了，是來當說客的吧？」

蔣幹沒料到周瑜如此**開門見山**的一言道破他的來意，只得打哈哈說：「我倆是老鄉，多年沒有見面，很是掛念，只是來敘舊的呀，別無他意。」

「喔，對呀，你們九江與我們廬江接壤，應該算是同鄉的了！」周瑜對這位「老鄉」毫不客氣，一見面就堵住了他的嘴。

周瑜舉辦了盛大的宴會招待蔣幹，還邀請了文武官吏來作陪，好像要把蔣幹這次來訪的目的**公之於眾**，不給他單獨面談的機會。

　　周瑜還解下自己的佩劍交給大將太史慈，當眾宣告：「這位貴賓是我小時同窗，從江北來這裏並不是當曹家的說客。現在我請將軍佩帶我的劍監督我們飲酒。今天只是飲酒敍舊，假如有人提到曹操和東吳的軍事情況，即可斬殺！」

　　太史慈領命，接過劍佩帶在腰間。蔣幹被這番話嚇得**噤若寒蟬**，只是埋頭喝酒。

　　宴會散場之後，蔣幹對周瑜說：「公瑾，我們好久沒見，一起喝杯茶聊聊吧！」

　　周瑜裝作很為難的樣子說：「是

應該這樣，可是……我正好有一件急事要處理，你路途辛勞，先住下，等我辦完事就來找你。」說完，他招呼手下好好招待客人，自己匆匆走了。

蔣幹一連住了三天，周瑜都沒理會他。

第四天，周瑜邀請蔣幹參觀軍營，讓他看到整齊的軍容、豐足的糧倉、齊備的武器庫……周瑜問道：「我們的軍士，還不錯吧？」

「都是**熊虎之士**啊！」

「我們的糧草，還可以吧？」

「兵精糧足，**名不虛傳**！」

周瑜大笑道：「你我同窗讀書

時，哪會想到有今日！我有幸遇到知己的友人，結成兄弟般的情誼，付以重託，當然**義不容辭**。哪怕像蘇秦、張儀這樣厲害的說客來到，也不能打動我的心！」一席話說得蔣幹**啞口無言**。

參觀軍營後，周瑜再擺酒宴招待蔣幹，很明顯這是一次送別宴了。席間，周瑜讓侍從列隊捧出大量錦衣珍寶走來展示，周瑜指着這些對蔣幹說：「子翼喜歡這些衣物吧？可惜我不能轉贈給你，這些都是討虜將軍賜給我的，我推辭不得啊！」

周瑜說的是事實，孫權對周瑜很偏愛，每逢寒暑季節交替之際，都要

賞賜周瑜上百套新衣更換，那是其他將領都沒有的優待。

蔣幹只得陪笑道：「看來公瑾在此深得鍾愛啊！這麼多華麗衣物，正合適配襯公瑾之俊美呀！」

周瑜裝出一副無奈的樣子說：「沒辦法啊，**卻之不恭**，只能全盤收下。大丈夫在世，幸得相知相識之主，怎能不以德報德，**全力以赴**相助！」幾句話清楚表明他是不會離開孫權的，說得鐵嘴蔣幹**無言以對**。

筵席散時已是深夜，周瑜說：「子翼來後我們一直沒有機會獨處，今晚讓我們好好談談心吧！」

　　周瑜把蔣幹拉入自己營帳，裝作酒醉，嘔吐一番後倒在牀上呼呼大睡。蔣幹沒能完成任務，哪裏睡得着？他翻看周瑜書桌上的文件，駭然發現有一封周瑜答覆曹營大將蔡瑁、張允的信，大意是周瑜與兩人商議合謀除掉曹操的事。蔡瑁和張允都是從劉表那裏投降曹操的，因為兩人熟悉水軍事務，所以在曹營訓練水軍準備南征。蔣幹見了此信嚇了一跳，連忙把信藏進自己衣袋，假裝躺下睡覺。

　　睡到四更時分，有部下進營帳叫醒周瑜，說江北有人來。蔣幹假裝熟睡，只見周瑜走出營帳外與人交談。

有人說：「蔡、張兩都督說了，目前尚不可急切下手……」後面的話模糊不清。周瑜回帳繼續睡覺，蔣幹也一動不動，裝作在睡。

第二天一大清早，蔣幹擔心周瑜發現不見了信會追問他，就趁周瑜還在熟睡，悄悄溜出軍營，不辭而別。

蔣幹對曹操匯報說：「周瑜氣度宏大，雅量高致，不是言語能打動他的。」蔣幹把偷來的信遞給曹操，曹操信以為真，一怒之下殺了蔡瑁和張允，曹軍就沒有了統領水軍作戰的大將。周瑜運用智慧，不但使蔣幹無功而返，勸降失敗，更使出反間計，利

用蔣幹傳送假信，除掉了兩個**心頭之患**。自此，民間留下了一句歇後語：「**蔣幹盜書——上了大當。**」

立定戰意

公元208年六月，朝廷大改制，撤銷最高權力的三公，曹操被任命為丞相，權力更上一層。他佔領了荊州南面四郡，收編了七八萬荊州軍，獲得大量軍事物質，駐兵江陵，**氣勢如虹**，便要來收拾東吳。

曹操給孫權發了一封戰書，書中說他奉承帝命討伐罪人，今率領八十萬水軍南下，劉琮已投降，現在

要與孫權將軍在東吳「打獵」（即會
戰）。這是一封戰書，也是一封帶威
脅性的招降信。孫權看信後心中忐忑
不安，召集將領們商議。營內分為
兩派，從北方來的張昭等主張歸順曹

操，因為曹操是朝廷丞相，歸順他也即是歸順東漢朝廷，**名正言順**；魯肅為首的主戰派堅決反對歸順曹操，認為要聯絡劉備來對抗。

孫權就派魯肅藉口為劉表弔喪去江夏見劉備，探探他是否有聯合東吳對抗曹操的意思。正好劉備和諸葛亮也有此意，諸葛亮跟魯肅回到東吳的柴桑。

諸葛亮在東吳的將領會議上**舌戰群儒**，駁斥投降派；他又去見孫權，但孫權還是**猶豫不決**。孫權想起孫策臨死前交代的話：「對外的事可找周瑜」，於是召回在鄱陽湖訓練水軍的

周瑜。

周瑜回來，與他熟稔的魯肅去接他，告訴他諸葛亮與將領們辯論的情況，周瑜沉思片刻，說：「請別擔心，我自有主張。今晚請你帶諸葛亮來見我吧。」

東吳內部的投降派和主戰派都找周瑜，紛紛陳述自己的意見，希望贏得東吳這位**威望素著**的大將認同。周瑜內心是主戰的，但當眾沒有表態。晚上，魯肅帶諸葛亮去見他。

周瑜和諸葛亮都是對彼此**久仰大名**，從未見面。這次兩人相見，都在內心佩服對方的風度和氣概。周瑜心

想：劉備這位軍師果然**長相不凡**，看來有超凡能力；諸葛亮也覺得：眼前此人看來是個能人，要用激將法激發他的鬥志和潛力。

諸葛亮首先歷數曹操近年戰績，說：「看來曹操**勢不可擋**，只有劉備暫時在江夏，還想日後與他**一決高下**。現在曹操向東發展了，將領們都不想打，看來東吳歸順曹操倒是個穩妥的辦法，可以保住江山和各人的地位，也不算差呀！」

周瑜發火了：「你是來勸降的嗎？怎麼說出這樣洩氣的話？難道沒有別的辦法對付他嗎？」

「辦法確實是有一個。」諸葛亮**不緊不慢**地說，「你知道嗎，曹操平生有兩個願望，一是要統一天下當皇帝，二是要得到皖城喬公的兩個漂亮女兒大喬和小喬，聽說他還在鄴城建造了一座十丈高的銅雀台，準備**金屋藏嬌**呢！若是將軍能覓得這兩美女獻上，曹軍必定不會來犯！」

周瑜一聽怔住了，這件事倒是**聞所未聞**的，他不信：「你胡說吧？怎會有此事？」

諸葛亮道：「這事**實實在在**，曹操的兒子曹植還特意為銅雀台寫了一首華麗的《銅雀台賦》，我很欣賞

這賦的用詞，把它背下來了……」說着，諸葛亮就朗聲背誦這首賦，其中有兩句「立雙台於左右兮，有玉龍與金鳳。攬二喬於東南兮，樂朝夕之與共。」

周瑜聽罷**勃然大怒**，罵道：「這老賊**欺人太甚**了！」

諸葛亮假裝**一臉糊塗**：「與敵人和親是歷史上常事，將軍為何不捨這兩個民女呢？」

周瑜不禁歎了口氣，說：「你**有所不知**，這大喬是孫策的遺孀，小喬是我內人啊！」

諸葛亮裝作惶恐的樣子連聲道

103

歉：「我實在不知，**胡言亂語**了，得罪得罪！」

周瑜正色道：「我受託自摯友，要協助孫權守住東吳，哪有向曹操投降之理？我在鄱陽湖訓練水軍，就是要伺機北伐。如今他打到門口了，我決心抵抗到底，還望你能助**一臂之力**，共同給他一個教訓！」

諸葛亮也表態說：「劉皇叔派我來，就是要**誠心誠意**與東吳合作，共商抵禦曹操之事。若蒙不棄，定將效力，盡**犬馬之勞**。」

第二天，孫權召開文武將領會議，周瑜來參見孫權，孫權把曹操的

戰書給他看。周瑜看後氣得把它撕成碎片，激動地說：「這決不能投降，一定要和曹操開戰！」

張昭是投降派的主要人物，他大為反對：「曹操已是丞相，以天子之令征伐四方，實力越來越強大。現在以數百艘戰船開來東吳，水陸並進，勢不可擋，不如先降服於他，保全疆土，日後再與他算賬。」

周瑜一一分析：「**第一**，曹操名為丞相，實際卻是**竊權大盜**，是叛國賊；而將軍繼承父兄事業，具**雄才大略**，佔有東吳千里富饒之地，內部穩固，擁有精兵數萬，足有能力為國除

奸。我們走的是正道，現在曹操來挑釁，我們為何要投降？反而應奮起抗敵，消滅此禍害。**第二**，曹操的北方還在動盪，關西有馬騰、韓遂在騷擾，他的後方並不穩定，**有後顧之憂**，隨時會給他帶來麻煩。**第三**，曹軍本身有很多**致命弱點**：他的士兵多為北方人，雖然善騎但不悉水性，來到南方與我們東吳水軍較量，這是**捨長取短**，是兵家大忌；北方人在南方水土不服，容易染上疫病，損耗戰鬥力。我看，這次曹操被南下暫時取得的進展沖昏了頭腦，要打敗他就在此一役了！」

諸葛亮補充說，八十萬大軍其實

是**誇大其詞**，曹軍本身約有十五六萬，經過長期作戰已經疲憊不堪；荊州投降的水軍約七八萬，士氣並不高，不足為懼。東吳十萬兵力與劉皇叔約兩萬人馬聯手，足以對付曹軍。

周瑜更是**意氣風發**地向孫權請戰道：「不用多，只要給我五萬精兵，定可打敗曹軍！」

周瑜的分析**條條在理**，諸葛亮的補充更是增強了作戰的信心，孫權**熱血沸騰**，舉起大刀奮力砍下案桌一角，說：「我與曹操**勢不兩立**，東吳正式向曹操宣戰，今後還有人膽敢說投降的，就和這案桌同樣命運！」

除患未遂

孫權任命周瑜為左都督，是前線總指揮，諸葛亮留下協助。周瑜先率領三萬水軍沿江西行，來到樊口與劉備部隊會合。

周瑜眼光獨到，他總覺得劉備雖然目前境況不佳，被曹操追打得東靠劉琦，不得已與東吳合作，但是劉備有發展潛力，是位將相之才；外加有高人軍師諸葛亮輔助，日後對東吳是很大的威脅，要趁早除掉個隱患。

眼前劉備駐兵在離東吳很近的樊口，這使周瑜很不安。他藉口說要與劉備共商大事，請他來一見，想趁機

除去他，魯肅勸阻無效。

關羽覺得此事蹊蹺，就陪隨劉備一起坐小船來到東吳營帳。周瑜設宴招待，但在營帳內埋伏了刀斧手，只要他把酒杯擲地，他們就會動手。

劉備見諸葛亮沒有在座，想見見他，周瑜説他忙於軍務，不能出席。酒飲三巡，周瑜根本無心談合力作戰之事，站起身舉着酒杯走近劉備正想發信號，忽見劉備身後站着一位手按大刀、**怒目金剛**的大漢，忙問：「這是誰？」劉備説，是他二弟關雲長。

　　原來是斬殺顏良、文醜二將的虎將關羽！周瑜心想：若是我的刀斧手一動手，這名虎將首先就會殺了我！太危險了！於是他為劉備斟了酒，繼續勸飲。劉備看出情況不妙，起身告辭，周瑜不好挽留，計劃告吹。

　　然後，周瑜把目光轉向諸葛亮。從諸葛亮來東吳說服了眾將領和孫權決心對抗曹操一事，他看出這位軍師有超人智慧。周瑜對魯肅說：「劉備有了這位軍師如虎添翼，必定會成為江東之患，要及早除了他。」

　　魯肅建議讓身在東吳的諸葛瑾出面，他是諸葛亮的親哥哥，由他去勸

弟弟來一起為東吳效勞，周瑜覺得可以一試。但是諸葛瑾回來匯報說，他不僅勸說無效，反而被諸葛亮勸說了一通，要他留下來一起效忠皇叔及漢室。周瑜問他自己意思如何，諸葛瑾說他受將軍之恩，當然不會**忘恩負義**。周瑜就說：「那就請你放心，我自有辦法來對付這位軍師。」

周瑜請諸葛亮來議事，說：「曹軍有八十萬，我們僅僅五六萬人馬，怎麼對抗？我看首先要斷了曹軍的糧道。我已探明曹軍的糧食都屯在聚鐵山，你久居那一帶，熟悉地理，煩請你和關羽、張飛等人星夜趕去毀了這糧道。」

　　諸葛亮二話不說，當場接受任
務。事後魯肅問他是否有把握完成這
任務？諸葛亮識破周瑜是想借曹操之

手殺他，就通過魯肅告訴周瑜，說曹操深知軍糧的重要，肯定嚴加防守，不應去攻打；目前應該先打水戰，挫挫曹操的銳氣，這是首要任務。周瑜聽了魯肅轉來的話歎道：「這人的見識比我強十倍，現在不除掉他，日後將會是東吳的禍害啊！」

魯肅說：「現在大戰前夕殺了諸葛亮，會被曹操笑話的！」

周瑜**胸有成竹**：「我自有公道的辦法來處理，會叫他**死而無怨**！」

第二天，周瑜召集將領進行會議，並請諸葛亮參加議事。周瑜問他：「即將與曹軍開戰了，這次水上

戰鬥，先生看應該用什麼兵器？」

「在大江上作戰，應該使用弓箭。」諸葛亮答道。

「我也是這麼想的。但是目前軍中正缺箭，勞煩先生監造十萬枝，這是急用，望勿推卻。」周瑜說。

諸葛亮立即答道：「都督委託，我理當效勞。請問十萬枝箭什麼時候要用？」

「十天之內，能完成嗎？」

諸葛亮說：「曹軍就要開到了，若是十天才完工就要誤事，只需三天就可完成。」

周瑜吃了一驚，提醒他：「軍中

無戲言！」

諸葛亮泰然説：「怎敢戲弄都督？我可立下**軍令狀**，三日內不完工，甘願受罰。」

周瑜大喜，即刻讓他立下了軍令狀。諸葛亮説：「從明日起算，到第三日可派五百名士兵到江邊取箭。」説罷**揚長而去**。

魯肅問：「他是不是**信口雌黃**？」

周瑜説：「我沒有逼他，是他自己送死，已經寫下了軍令狀，到時候按規定治罪，他**插翅難飛**！」

魯肅去探聽諸葛亮的虛實，諸葛亮叫他不用擔心，只須備好二十條

船，每條船上安排三十人，兩邊各堆起草把子。第三天晚上諸葛亮帶着魯肅坐船向北駛去，只見江面大霧瀰漫，看不見對岸。船隊駛近曹營時，諸葛亮命令士兵**擂鼓吶喊**，曹操見濃霧迷江，懷疑敵軍有埋伏隨之而來襲擊，就命令弓箭手一齊向江面射箭。一時間**箭如雨下**，待到大霧漸漸散去，每隻船的草把子上已經插滿了箭，**滿載而歸**。天亮時分周瑜派來的士兵就在岸邊收箭，諸葛亮向魯肅說，他算定三天之內必有大霧，所以敢接下這任務。周瑜知道後驚歎道：「這人**神機妙算**，我不如他啊！」

赤壁顯威

出戰前，孫權只能給周瑜三萬人，以後再補上餘下的二萬人。他擔心周瑜只有五萬人，如何抵擋曹操大軍？不過，周瑜自有打算，他分析說，曹操率領的只是八萬人的西部兵團，計劃是沿江東前進，開到夏口與他們和劉備作戰；曹操的北部兵團是主力，由都督趙儼指揮，還在南陽一帶防守，要等荊州安定之後再開赴東吳，與曹操會合。

周瑜說：「我們要在趙儼部隊來到之前打垮曹操的水軍，把他們趕走；不然，曹操大軍一到，分散在各

地與我們陸戰，麻煩就大了。目前以我們三萬水軍，加上劉皇叔二萬兵力，應該足以對付曹操了。」

所以周瑜果斷率領孫劉聯軍從樊口、夏口向西逆流而上，與曹操順流而下的西部兵團在長江赤壁隔江各自駐紮。

曹兵多為北方人，不習慣生活在顛簸的船隻上，很多人暈船，**水土不服**，加上一些人染上了瘟疫，影響了軍心和戰鬥力。曹操便下令用鐵鏈把戰船連在一起，鋪上木板，減少了顛簸。

孫權手下的大將黃蓋來見周瑜，

提出用火攻曹營連環船的辦法。周瑜說：「的確是個好辦法，但是也要能接近敵營才能放火啊！」

黃蓋**自告奮勇**：「我去！」

「你去詐降？這可是個**苦肉計**，很危險的啊！」周瑜捨不得這位老將。

「我不怕！為了東吳的勝利，我甘願**上刀山下火海**！」

於是第二天，在眾將面前上演了一幕「**周瑜打黃蓋——一個願打，一個願挨**」。

周瑜宣布正式與曹操開戰，預計要打三個月。黃蓋大聲說，三個月打

不贏就投降吧。周瑜大怒，罵他**擾亂軍心**，要拉出去斬。眾將紛紛求情，周瑜就改為當眾鞭打他一百下。打了五十下，黃蓋已是皮開肉綻，**奄奄一息**，老將黃蓋受罰的事傳遍軍營。

黃蓋託好友帶了一封信給曹操，表示對東吳失去了信心，想歸順曹營。曹操起初不信，後來黃蓋傳去了幾次小情報，而曹營的密探來到東吳也證實了黃蓋受到重罰的消息，曹操才**信以為真**，就以為此戰有了黃蓋的投誠，更是**勝券在握**，便沒有催促北方兵團儘速趕來。

大戰前夕，連日颳的是西北風，

這個風向不利火攻，火勢反會吹向東吳。周瑜見此**憂心忡忡**，急得病倒了。諸葛亮去見他，指出「**萬事俱備，只欠東風**」，表示只要築壇讓他拜祭三天，可以借來東風。周瑜一聽，病痛不翼而飛。

然後，周瑜在南屏山上按照諸葛亮的指示建了一個九尺高的七星壇，諸葛亮拜祭到第三日晚上，果然招來了東南大風。周瑜既高興，又驚恐——這個軍師的本事真大，不除掉他總會是個禍害！於是他一方面布置開戰，一方面安排人力從水陸兩路趕到南屏山去截殺諸葛亮。

誰知諸葛亮早就料到周瑜的心思，東風一起，他便下了祭壇走到江邊，坐上趙雲來接應的小船走了。

周瑜知道自己痛失了拔除隱患的大好良機，不禁**怒火中燒**。

趁着東南大風，黃蓋的船隊插上了約定的青龍牙旗，在預定的三更時分駛近曹營戰船停泊的北岸烏林。等到曹軍發現黃蓋的船隻吃水很淺，不像是約好裝載了糧食來的，**心生疑竇**想查問時，為時已晚。黃蓋發出號令，船隊的每條船同時點火，一艘艘火船似飛箭般直衝向曹營，風猛火烈，連環船頓時陷入火海，還波及到

岸上的營帳，周瑜帶領的水軍趁勢跟進，擂鼓衝殺。曹兵不是被燒傷就是被殺死，很多人**慌不擇路**跳水自盡，曹軍大敗，**土崩瓦解**。曹操在少數部將護送下潰退，沿途還遭到劉備派出的三股人馬阻擊，最後自華容道撤退到南郡。

赤壁之戰是中國戰爭史上以少勝多的著名戰役。指揮官周瑜**運籌帷幄**，正確分析形勢，作出精明判斷，勇於接受重擔，並巧妙運用兵法計謀，抓住戰機，以五萬孫劉聯軍擊敗曹營的千軍萬馬，**美名遠揚**。

第五章
既生瑜何生亮？

──奮戰南郡──

赤壁之戰後，曹操敗走，周瑜對孫權說：「赤壁僅僅是我們對曹操的一場遭遇戰，真正要打敗曹操的戰役還在後面。」兩人商量後，決定由周瑜去攻打南郡，帶領孫劉聯軍一路追趕曹操，水陸並進，不讓曹操有喘息的機會，把他趕到江陵城；而孫權親自率領十萬東吳軍主力襲擊曹軍控制的合肥，另闢東線戰場。

曹操留下曹仁、徐晃守江陵，夏

侯惇守襄陽，自己率領殘部回北方。

　　周瑜率領的幾萬大軍逼近江陵，在江邊紮營，隔着長江與留守江陵的曹仁對峙。部將甘寧為了牽制曹仁，只帶領少數兵力佔領了九十里外沒有曹軍防守的夷陵。曹仁為免**腹背受敵**，便派軍包圍了夷陵，甘寧寡不敵眾，向周瑜求援。

　　周瑜率領大軍開往夷陵，在城下迅速打敗了圍城的曹軍，並獲得戰馬三百匹。這場戰役打得順利，收穫很大，使得全軍**士氣大振**。周瑜凱旋回來後就指揮部隊渡過長江，紮營在北岸與曹仁對抗。

　　但是陸戰不是東吳軍的特長，周瑜的江陵攻堅戰打得很艱苦，久攻不下。在一次激戰中，周瑜親自騎馬上陣督戰，被飛箭射中右肋，傷勢很重，他叫人傳出消息說自己瀕死。曹仁得到消息認為此時東吳**軍心渙散**，機會來到，帶兵要發起進攻。

　　正在此時，周瑜忽然出現在軍營，他巡視軍營情況，鼓舞士兵，激發他們的鬥志，使得**羣情激昂**，**重整旗鼓**迎戰。但其實，那是周瑜為免自己的傷勢影響士氣，勉強掙扎起來現身的。

　　如此相持了一年多後，曹軍死傷

慘重，無法再堅持下去，曹操令曹仁撤出江陵，退到襄陽。周瑜帶傷指揮作戰，迅速攻下江陵以及長江沿線從柴桑到夷陵的許多軍事要地，孫權拜周瑜為偏將軍，擔任南郡太守，屯兵江陵。

兩雄鬥智

諸葛亮趁東吳在忙於與曹操作戰之際，派兵佔領了荊州南面的四個郡——長沙、桂陽、零陵和武陵，還用偽造兵符騙出守城的夏侯惇，讓關羽輕鬆佔領了襄陽。周瑜**分身無術**，氣得**無可奈何**，但也驚歎諸葛亮的足

智多謀。孫權想拉攏劉備對抗曹操，就採納了魯肅的提議與劉備簽訂了契約，暫借荊州，劉備保證日後取得西川後就歸還荊州。周瑜對此**憤憤不平**，他說：「劉備絕非平常之輩，有諸葛亮為軍師，有關羽張飛兩強將，再有了這個基地，就會在荊州發展起來，到時候就很難控制局面了。」

這時，劉備的夫人病逝，周瑜就向孫權出了個主意：把孫權的妹妹孫尚香嫁給劉備，要劉備來東吳成親，到時就扣押他作人質，逼他歸還荊州。

諸葛亮洞察這件政治婚姻的真正目的，準備了三個**錦囊妙計**給趙雲，

讓他跟隨劉備去東吳。劉備一行人到東吳後，按照諸葛亮的計策先去拜見周瑜的丈人喬國老，通過他聯絡上孫權的繼母吳國太，吳國太很喜歡劉備，促成了這件婚事，斥責孫權的政治目的。

周瑜失策後又生一計，他讓劉備夫婦生活在豪華舒適的環境中，使到新婚燕爾的劉備樂而忘返，不想回去，也疏遠了諸葛亮。趙雲又使出諸葛亮的妙計，謊報曹操來攻荊州，把劉備夫妻騙出城，坐上諸葛亮來接應的船。周瑜帶兵趕來，被關羽等大將打敗，悻悻而歸，還被士兵嘲笑：周瑜妙計落了空，賠了夫人又折兵！

　　周瑜不甘心，又派魯肅去催促劉備攻佔西川，歸還荊州。諸葛亮教劉備藉口說不忍心去攻打西川的皇室表親劉璋，不肯動兵。周瑜就說：「既然這樣，那我們東吳出兵去打西川，但是路過荊州時劉備要供應我們軍糧馬草。」周瑜的計劃是，到時就殺了劉備這個後患。諸葛亮勸劉備答應這件事。

　　周瑜親自率領五萬大軍開往西川，路過荊州時沒見劉備派人來接應，反而被關羽、張飛等人分四路包圍。周瑜知道中了諸葛亮的計，急急退出包圍圈，更下定決心去攻佔西川。

正在此時又接到諸葛亮派人送來的一封信，提醒他攻打西川不是一件容易的事，要**提防**曹操趁機去攻打東吳。周瑜讀信後長歎：「我鬥不過他啊！老天，**既生瑜，何生亮**！」

英年早逝

周瑜心中有長遠計劃。他趕到東吳根據地京口，向孫權描繪了一個取得天下的藍圖──曹操遭受失敗後沒有完全恢復，短期內不可能主動南下進攻，所以東吳應該大膽西進。周瑜**主動請纓**，與奮威將軍孫瑜一起攻佔益州，吞併漢中，留下孫瑜鎮守益

州，聯合涼州的馬超勢力，形成抗曹的包圍圈；然後他回軍與孫權會合，佔據襄陽，北上攻打曹操，如此謀得中原，消滅曹操，統一北方是完全可能的。

孫權聽了很高興，也衷心感謝周瑜的忠誠，他認為這個計劃可實行，可使東吳大力發展。於是孫權對周瑜說：「這計劃正合我意，你先回江陵準備一下。」

從京口到江陵有一千多里路，要走五六天呢。周瑜辛勞過度，箭傷復發，又染上重病，在半路巴丘與世長辭，享年三十六歲。

既生瑜，何生亮

「公瑾有**王佐之才**，短命而逝，我還能依靠誰呢？」孫權**泣不成聲**。

諸葛亮親自去東吳弔喪，寫了一篇情真意切的祭文，感歎失去了一位懂他的知音。

周瑜對東吳**忠心耿耿**，時刻牽掛着東吳的命運，臨終時還對戰事**念念不忘**。他給孫權寫了一封信，哀歎人生有死，自己志願未能施展，不能再為東吳效命了。信中他分析了形勢，說：現在曹操在北方，赤壁一戰沒有傷到曹操的元氣，戰場並沒有平靜；劉備寄住在江夏，潛力很大，好比養着一隻老虎。天下大事，目前還

看不出始終，還會有很多戰事，令人**憂心忡忡**。周瑜意識到自己一死，東吳的戰鬥力量必然會削弱，若是要同時對付曹操和劉備，是很危險的。所以他推薦魯肅來接替他鎮守江陵，說：「魯肅忠烈，臨事不苟，可以代瑜。」於是孫權拜魯肅為武校尉，代周瑜領兵。

周瑜智勇雙全、深謀遠慮，品格高雅、為人豁達，是一世奇才，為建立江東政權立下**汗馬功勞**，可惜**壯志未酬**。若不是周瑜英年早逝，天下大勢恐怕會有不一樣的發展吧！

下冊預告

下一位出場的人物是誰？

他有一對綠色眼睛，被稱為「碧眼兒」。

他年紀輕輕，便要撐起整個江東發展霸業。

他多番令曹操出征受挫，發出「生子當如孫仲謀」的慨歎。

他是誰？

欲知後事如何，
且看《三國風雲人物傳10》！

三國風雲人物傳 9
儒雅武將周瑜

作　　者：宋詒瑞
插　　圖：HAND SOLO
責任編輯：陳奕祺
美術設計：李成宇
出　　版：新雅文化事業有限公司
　　　　　香港英皇道 499 號北角工業大廈 18 樓
　　　　　電話：(852) 2138 7998
　　　　　傳真：(852) 2597 4003
　　　　　網址：http://www.sunya.com.hk
　　　　　電郵：marketing@sunya.com.hk
發　　行：香港聯合書刊物流有限公司
　　　　　香港荃灣德士古道 220-248 號荃灣工業中心 16 樓
　　　　　電話：(852) 2150 2100
　　　　　傳真：(852) 2407 3062
　　　　　電郵：info@suplogistics.com.hk
印　　刷：中華商務彩色印刷有限公司
　　　　　香港新界大埔汀麗路 36 號
版　　次：二〇二三年九月初版

ISBN: 978-962-08-8252-4
© 2023 Sun Ya Publications (HK) Ltd.
18/F, North Point Industrial Building, 499 King's Road, Hong Kong
Published in Hong Kong SAR, China
Printed in China